Gehet hin in alle Welt

Armin Brinkmann

Gehet hin in alle Welt

Erlebnisse in der Mission

BV

1. Auflage

Lektorat: Wolfgang Schuster
Layout und Satz: Bischoff Verlag, Neu-Isenburg
Umschlagbild: Archiv Bischoff Verlag, Neu-Isenburg
Bilder im Innenteil: commons.wikimedia.org/wiki/File:
Meister_der_Reichenauer_Schule_001.jpg (Seite 9);
Hermann Bethke (Seite 18/19, 73);
Archiv Bischoff Verlag, Neu-Isenburg (Seite 26/27, 48/49)
Gesamtherstellung: Friedrich Pustet, Regensburg

Best-Nr. 231 021
ISBN 978-3-943980-83-7

www.bischoff-verlag.de

Inhalt

Einleitung

Spricht man von „Mission“, denken die meisten Menschen im Allgemeinen an die vielen Missionare, die seit einigen Hundert Jahren das Evangelium in die Welt getragen haben. Unter unvorstellbaren Opfern, Entbehrungen und Gefahren sind Geistliche und Ordensschwestern in entlegenste Gebiete gereist und haben das Christentum verbreitet. Ich habe immer wieder staunend und dankbar vor großen Kirchengebäuden in den abgelegensten Orten gestanden und mir vorgestellt, wie mühsam derart grandiose Bauwerke errichtet wurden.

Sprachen wir von Mission, meinten wir in aller Regel nicht die Evangelisierung nichtchristlicher Menschen und Völker, sondern das Bekanntmachen und die Ausbreitung der Neuapostolischen Kirche.

Diese Sichtweise hat sich im Laufe der letzten Jahre verändert. Heute verstehen wir Mission, wie es unser Katechismus zum Ausdruck bringt: „Zu allen Menschen hingehen, um sie das Evangelium Jesu Christi zu lehren und mit Wasser und Heiligem Geist zu taufen.“ Somit teilen wir heute die Sicht der meisten Kirchen, wonach sich die Missionstätigkeit auf Nichtchristen bezieht.

Wenn ich den Begriff „Mission“ in diesem Buch verwende, verstehe ich darunter in erster Linie das Bekanntmachen und die Ausbreitung neuapostolischen Glaubens.

Die Missionstätigkeit der Neuapostolischen Kirche in Europa änderte sich in den 1980er Jahren. Nun galt es, die Missionsarbeit in Europa, die sich bis dahin auf den engeren Wohnbereich bezog, zu internationalisieren. Das Spannende war, weiterhin das Evangelium zu verkünden, das Besondere war, es in unterschiedlichen Kulturkreisen tun zu dürfen.

Natürlich gibt es mehr Länder, in denen missioniert wurde, und weit mehr Erlebnisse als die hier beschriebenen.

Bei allem, was ich dabei erlebt habe, erfüllt mich eine tiefe Dankbarkeit Gott gegenüber. Er war da, auch wenn er manchmal nicht zu spüren war; er hat bewahrt, geholfen und gerettet. Ihm gilt mein absolutes Vertrauen, ihm gebührt alle Ehre.

Und er sprach zu ihnen:
Gehet hin in alle Welt
und predigt das Evangelium
aller Kreatur.

Markus 16,15

Anfänge der Mission – Jesus Christus

Sein Evangelium zu verkünden und Menschen von seiner Mission zu überzeugen, dafür hatte Jesus Christus nur etwa drei Jahre Zeit.

Schon als Zwölfjähriger wirkte er im Tempel, hörte den Schriftgelehrten zu und fragte sie. Von den Schriftgelehrten wird berichtet, dass sie sich wunderten über seinen Verstand und seine Antworten (vgl. Lukas 2,47). Mit etwa dreißig Jahren begann Jesus Christus seine Lehrtätigkeit; sie endete mit seinem Opfertod am Kreuz, ungefähr drei Jahre später.

Nach den Versuchungen in der Wüste, in Jerusalem und auf einem Berg zog er sich nach Kapernaum zurück, wo auch Petrus wohnte. Sicherlich war Jesus bewusst, dass er allein seine Aufgabe nicht erfüllen konnte und Helfer brauchte. Am Galiläischen Meer rief er die ersten Männer zur Nachfolge auf. Er sagte ihnen, dass sie Menschenfischer werden sollten. Nicht alle folgten dieser Bitte. Denken wir an den reichen Jüngling, der sich nach der Aufforderung zur Nachfolge traurig von Jesus abwandte. Eine ganze Anzahl weiterer Jünger verließ ihn, als er auf den Kern seiner Botschaft zu sprechen kam (vgl. Johannes 6,52 ff.). Seine offene Frage: „Wollt ihr auch weggehen?“, beantwortete Petrus mit beeindruckender Deutlichkeit: „Herr, wohin sollen wir gehen? Du hast Worte des ewigen Lebens; und wir haben geglaubt und erkannt: Du bist der Heilige Gottes“ (Johannes 6,68.69). Dieses Gespräch ist eine Schlüsselstelle im Wirken Jesu. Es ist kaum vorstellbar, was passiert wäre, wenn Petrus nicht so eindeutig geantwortet hätte oder gar mit den verbliebenen Jüngern gegangen wäre.

Die Heilige Schrift überliefert weitere, besondere Gespräche, wie beispielsweise das Gespräch mit der Samariterin (vgl. Johannes 4,1–42). Er versuchte nicht, sie zu überzeugen, sondern führte sie im Gespräch in die Erkenntnis seiner göttlichen Sendung. Er nahm sich Zeit und blieb zwei Tage in dem Dorf. Die Einwohner glaubten danach nicht nur wegen des Zeugnisses der Samariterin an ihn, sondern bekannten: „Dieser ist wahrlich der Welt Heiland.“ Auch die Heilung des Blindgeborenen, die ausführlich in Johannes 9 beschrieben wird, zeigt das besondere Vermögen Jesu, diesen Mann in die Erkenntnis des Glaubens an ihn zu führen.

Jesus lehrte seine Jünger die praktische Missionsarbeit (vgl. Markus 6,7; Lukas 10,1). Er sandte sie paarweise in die Städte aus, die er anschließend besuchen wollte. Nach dem begeisterten Bericht der Jünger über ihre Erfolge sagte er ihnen, dass sie nicht stolz auf sich sein sollten. Er forderte sie auf, sich darüber zu freuen, dass ihre Namen im Himmel angeschrieben seien (vgl. Lukas 10,17–20). Das ist bis heute oberstes Gebot der Missionstätigkeit, nicht stolz zu sein auf sogenannte Erfolge, sondern auf das, was Gott durch uns tut. Mehrfach erteilte Jesus seinen Jüngern Missionsaufträge. Sie sollten in Jerusalem beginnen (vgl. Lukas 24,48), dann aber auch in alle Welt gehen, um zu lehren und zu taufen (vgl. Matthäus 28,18–20; Apostelgeschichte 1,8).

Mit der Kreuzigung Jesu Christi, seiner Auferstehung und Himmelfahrt war sein unmittelbares Wirken auf dieser Erde beendet.

Missionstätigkeit der ersten Jünger und Apostel

Von Jerusalem aus begann die Mission. Diese Stadt war eine beeindruckende Metropole in der damaligen Zeit und das Zentrum des Judentums. Die Jünger waren dort nicht zu Hause, sie stammten überwiegend aus Galiläa am See Genezareth.

Nach der Auferstehung Jesu Christi und der Ausgießung des Heiligen Geistes hielt Petrus vor vielen Menschen aus verschiedenen Gebieten eine beeindruckende Pfingstpredigt.

Auch Stephanus hat in herausragender Weise seinen Glauben vor dem Hohen Rat bekannt. Für sein Bekenntnis wurde er umgebracht.

In Jerusalem gab es viele Missionserfolge. Die Bibel berichtet davon, dass am Tag nach der Ausgießung des Heiligen Geistes dreitausend Seelen zur Gemeinde hinzugefügt wurden und anschließend der Herr täglich weitere hinzutat (vgl. Apostelgeschichte 2,41–47).

Ich bin oft gefragt worden, warum die Ausbreitung des Evangeliums in vielen Gebieten so schnell erfolgte und es nicht einer längerfristigen Vorbereitung der Seelen bedurfte. Meine Antwort darauf war immer, dass Petrus sowie die weiteren Apostel ihre Zeit bestmöglich genutzt haben, um zu lehren und zu taufen sowie die Gabe des Heiligen Geistes zu spenden.

Was es bedeutete, „in alle Welt“ zu gehen, konnten sich die damaligen Jünger sicherlich nicht vorstellen. Sie kannten das Gebiet des heutigen Israels und aus Berichten wahrscheinlich auch Ägypten, den Libanon, Jordanien und Syrien, viel mehr aber nicht.

Selbst heute ist man noch nicht in aller Welt angekommen. Es sind zwar alle Länder dieser Erde den weltweit tätigen Gebietskirchen zugeordnet, es gibt aber immer noch einige Länder, in denen nicht wirklich oder gar nicht missioniert werden kann.

Apostel Petrus war im Haus von Simon, dem Gerber, in Joppe, dem heutigen Jaffa, zu Besuch. In einer Vision sah Petrus des Nachts, dass er aufgefordert wurde, unreine Tiere zu schlachten und zu essen, was seiner jüdischen Glaubensüberzeugung widersprach. In dieser Vision sagte ihm eine Stimme: „Was Gott rein gemacht hat, das nenne du nicht unrein“ (Apostelgeschichte 10,15). Während Petrus noch darüber nachdachte, was diese Erscheinung bedeuten könnte, kamen Abgesandte des römischen, also heidnischen, Hauptmanns Kornelius, die ihn nach Cäsarea einluden (vgl. Apostelgeschichte 10). Am nächsten Tag machte er sich auf in die Hafenstadt am Mittelmeer und besuchte Kornelius mit seiner Familie. Während Petrus das Evangelium erläuterte, griff Gott direkt ein. Petrus erlebte, dass der Heilige Geist auf Kornelius und seine Familie ausgegossen wurde. Das überzeugte ihn, sodass er diese Familie nach der Geistesspendung auch mit Wasser taufte. Damit empfingen erstmals Heiden die Sakramente, und es begann die Missionstätigkeit unter ihnen.

Missionar Paulus

Paulus aus Tarsus war Schriftgelehrter und glaubte an Gott. Die neue Lehre von Jesus Christus überzeugte ihn nicht, er verfolgte dessen Jünger und brachte viele von ihnen ins Gefängnis. Jesus Christus missionierte Paulus persönlich, als es in der Nähe von Damaskus zu einer Begegnung kam. Paulus erblindete kurzzeitig, sollte fasten und wurde zum Haus des Judas geschickt. Nach dort wurde ebenfalls Hananias gesandt, der Paulus taufte, obwohl er sich zunächst vor ihm fürchtete. Sogleich nach der Bekehrung verkündete Paulus den gekreuzigten und auferstandenen Jesus und entbrannte für die Missionsarbeit. Durch die Taufe wandelte sich Saulus nicht in Paulus, er trug von Beginn an seinen hebräischen wie auch seinen lateinischen Namen.

Paulus ist auch heute noch ein Beispiel für zeitgemäße Missionsarbeit. Er zwang die bekehrten Heiden nicht unter das jüdische Gesetz der Beschneidung und akzeptierte den Menschen, wie er war, ohne ihn zu bedrängen.

Paulus vertrat konsequent das, von dem er überzeugt war; er war furchtlos trotz mancher Strafen, Bedrohungen und Gefängnisaufenthalte, er hatte keine Angst vor Gefahren. In Athen bewies er zudem eine gewisse „missionarische Schlitzohrigkeit“, als er den unbekannten Gott als den lebendigen Gott predigte. Er beklagte Enttäuschungen, als sich ganz Kleinasien von ihm abgewandt hatte (vgl. 2. Timotheus 1,15), und verfolgte dennoch unbeirrt seinen Auftrag, das Evangelium zu verkündigen.

Apostel Paulus ist zweifellos der beeindruckendste Missionar der ersten apostolischen Zeit. Schließlich wurden in seinem Arbeitsgebiet in Antiochien die Nachfolger Jesu Christi erstmals Christen genannt (vgl. Apostelgeschichte 11,26).

Paulus hatte die Eigenschaften, die auch heute bei der Missionsarbeit wichtig sind: Er brannte für Christus. In einem Gespräch mit Festus und Agrippa wurde ihm gesagt: „Paulus, du bist von Sinnen!“ (Apostelgeschichte 26,24). Er hatte ein starkes Gottvertrauen, was sich in seinen Worten ausdrückt: „Ich vermag alles durch den, der mich mächtig macht“ (Philipper 4,13). Er bewies Durchhaltevermögen und Leidensfähigkeit, aber auch ein sehr sendungsbewusstes Auftreten. Nach der wundersamen Befreiung aus dem Gefängnis in Philippi schlich er nicht einfach zurück ins Haus der Lydia oder verließ die Stadt, er bestand darauf, mit den Wachen öffentlich durch die Stadt zu gehen, um seine Befreiung zu dokumentieren (vgl. Apostelgeschichte 16,37). In Ephesus entwickelte sich heftiger Widerstand gegen Paulus, die Goldschmiede befürchteten Umsatzeinbußen, da sie von Götterbildnissen lebten. Paulus tröstete seine Brüder und lud sie später nach Milet ein. Seine Abschiedsrede berührt noch heute (vgl. Apostelgeschichte 19,23–29 und 20,17–35).

Geschichte der Missionsarbeit in der Neuapostolischen Kirche

SEJA BEM-VINDO AMADO APD
AO NOSSO DISTRITO
ZAIRE. NZETO

Katholisch-apostolische Kirche und frühe Neuapostolische Kirche

Nach der Berufung der ersten englischen Apostel, deren Anzahl auf maximal zwölf festgelegt worden war, war es ihr Anliegen, die Kirche auf das zweite Kommen Jesu Christi vorzubereiten. Sie erarbeiteten in Albury das sogenannte Testimonium, das sie verschiedenen weltlichen und kirchlichen Persönlichkeiten der damaligen Zeit überreichten. Sie teilten die christlichen Länder zur Verbreitung des apostolischen Gedankens unter sich auf. Dabei entstanden auch erste apostolische Gemeinden. Mit dem Tod von Apostel Woodhouse im Jahr 1901 kam die Tätigkeit zur Ausbreitung des apostolischen Gedankens in der Katholisch-apostolischen Kirche zum Erliegen.

Aus dieser Arbeit heraus hatte es eine erste über die Zwölfzahl hinausgehende Apostelberufung in Königsberg gegeben. Die Apostelberufung von Rudolf Rosochacky, der erste Apostel der neuen apostolischen Bewegung, führte zu erheblichen Spannungen innerhalb der Katholisch-apostolischen Kirche. Letztlich kam es zur Trennung der Gemeinde Hamburg, und es begann die Entwicklung zur Neuapostolischen Kirche. Friedrich Wilhelm Schwartz, Leiter der Gemeinde in Hamburg, wurde nach Amsterdam gesandt. Er traf auf Friedrich Menkhoff, den Prediger einer freien evangelischen Gemeinde, der regelmäßig im Sommer nach Bielefeld-Quelle reiste, um dort im örtlichen Missionsverein Gottesdienste zu feiern. Nach der Heiligen Versiegelung von Menkhoff traf er als Evangelist bei seiner nächsten Reise auf Hermann Niehaus, den späteren Stammapostel. Schnell entstanden weitere Gemeinden im heutigen Duisburg-Ruhrort, in Iserlohn und Schlesien.

So begann die Missionstätigkeit in unserer Kirche in Europa.

Entwicklung der weltweiten Missionsarbeit

Bis zum Ende des Zweiten Weltkriegs geschah Missionsarbeit nur punktuell und in geringem Umfang. Dabei soll nicht unerwähnt bleiben, dass bereits vor dem Zweiten Weltkrieg im Süden Afrikas Missionsarbeit geschah und Gemeinden beispielsweise im heutigen Sambia entstanden. Die Kommunikation mit Stammapostel Bischoff war kriegsbedingt eingeschränkt, eine Strukturierung von Europa aus kaum möglich. Nach seinem Heimgang im Jahr 1960 übernahm Stammapostel Walter Schmidt die Leitung der Neuapostolischen Kirche in schwieriger Zeit. Im Lauf seiner Amtstätigkeit besuchte er erstmals die Geschwister im damaligen Rhodesien, Afrika. Es entwickelten sich erste Strukturen der Missionstätigkeit. In der Kirchenverwaltung in Dortmund hing viele Jahre eine riesige rechteckige Weltzeituhr mit einem aufgezeichneten Globus. Eine Ecke im nordwestlichen Afrika hatte Stammapostel Schmidt eingezeichnet und den Namen des betreuenden Bezirksapostels Rockenfelder hineingeschrieben.

Es war Stammapostel Ernst Streckeisen vorbehalten in den wenigen Jahren seiner Amtstätigkeit als Stammapostel, die europäischen Gebietskirchen für die weltweite Missionsarbeit zu gewinnen. Er sandte europäische Apostel in Überseegebiete und nahm damit erste Weichenstellungen für die Erweiterung der Missionsarbeit vor.

Bezirksapostel Michael Kraus war zu der Zeit bereits in Indien tätig. Die Ordination von sechs Aposteln im Jahr 1975 in London war damals eine Sensation und ist mir heute noch in lebendiger Erinnerung.

Stammapostel Hans Urwyler erkannte die Notwendigkeit, die Missionsarbeit zu intensivieren und zu strukturieren. Er bereiste die verschiedenen Kontinente und informierte die Apostel regelmäßig per Fax über Neuigkeiten in den weltweiten Gebietskirchen.

Stammapostel Urwyler war es, der begann, die Missionsgebiete verschiedenen Bezirksapostelbereichen zuzuordnen und sprachlich oder regional zusammenhängende Gebiete einer Gebietskirche zu übertragen. Das führte dazu, dass der größte Teil des portugiesischen Sprachraums der früheren Gebietskirche Nordrhein-Westfalen anvertraut wurde. Da, wo keine zusammenhängenden Sprachräume geschaffen werden konnten, versuchte er, geografisch zusammenhängende Gebiete einer Gebietskirche zur Betreuung zu übertragen. Stammapostel Hans Urwyler war es auch, der einige recht junge Amtsträger in das Apostelamt ordinierte, die vor allem in der Missionsarbeit eingesetzt wurden. Davon war ich als gerade ordinierter Bezirksevangelist betroffen, als ich an Pfingsten 1983, drei Monate später, das Apostelamt in Hamburg im Kongresscenter empfing.

Stammapostel Richard Fehr war der erste Stammapostel, der sich durch eine unermüdliche Reisetätigkeit auszeichnete. Unter seiner Leitung wurden alle Länder der Erde Gebietskirchen zugeordnet, wobei nicht in allen Gebieten missioniert werden konnte. Die große Vision von Stammapostel Fehr war, dass der „Osten aufgehe", also die Länder hinter dem damaligen „Eisernen Vorhang". Das hat sich in den Jahren ab 1989 mehr und mehr realisiert. Die osteuropäischen Länder öffneten sich und auch die damalige Sowjetunion sowie nach ihrer Auflösung die vielen Satellitenstaaten. Es gab in vielen Ländern eine schnelle Entwicklung, große Euphorie und zahlreiche Kirchenbauten. Alle deutschen Gebietskirchen betreuten Länder in Osteuropa und Gebiete in Russland. Leider mussten wir auch erleben, dass wenig von dem, was aufgebaut wurde, erhalten geblieben ist. Das Sehnen nach Religiosität wurde sehr schnell von dem Hunger nach Konsum abgelöst.

Pfingsten 2005 übernahm Stammapostel Wilhelm Leber die Leitung der internationalen Kirche. Er setzte die Arbeit seines Vorgängers fort und besuchte regelmäßig die betreuten Länder der weltweiten Gebietskirchen. Schwerpunkte seiner Arbeit waren die weltweite Sicherstellung der Seelsorge der Kirchenmitglieder und das Bestreben nach finanzieller Eigenständigkeit der Gebietskirchen auf allen Kontinenten.

Auch Stammapostel Jean-Luc Schneider, der zuvor als Bezirksapostel für eine der mitgliederstärksten Gebietskirchen Afrikas zuständig war, ist unermüdlich in allen Erdteilen unterwegs. Es gibt heute einen gewissen Konsolidierungsprozess; Gebietskirchen mit ihren betreuten Ländern werden zu größeren Bereichen zusammengefasst.

Persönliche Eindrücke und Erfahrungen

Erste Einblicke

In Berührung mit der Missionsarbeit, die nicht nur das normale Von-Tür-zu-Tür-Gehen war, kam ich 1976. Nach einem Gottesdienst informierte mich mein damaliger Vorsteher, dass im Nachbarbezirk ein Afrikaner aus Sierra Leone versiegelt worden sei und nun für einige Monate nach Köln ziehen würde. Gesucht wurde jemand, der diesen Bruder betreuen könne. Meine Frau und ich waren noch kinderlos und haben spontan zugesagt. Im Lauf der Wochen und Monate entwickelte sich eine schöne Freundschaft. Ich übersetzte Gottesdienste in Englisch, nach dem Gottesdienst trafen wir uns zum gemeinsamen Mittagessen, und ich gewann erste Einblicke in das afrikanische Leben mit seiner völlig anderen Kultur. Ein besonderes Highlight war der gemeinsame Besuch des Gottesdienstes, den Stammapostel Ernst Streckeisen zu Ostern 1976 in Alsdorf hielt.

Einen weiteren starken Eindruck erhielt ich anlässlich einer Geschäftsreise in die Vereinigten Staaten. Ich hatte Gelegenheit, einen Gottesdienst von Bezirksapostel Michael

Kraus in New York mitzuerleben. In diesem Gottesdienst versiegelte er ein Ehepaar aus Taiwan und setzte nach der Heiligen Versiegelung den Bruder gleich ins Priesteramt mit dem Auftrag, in Taiwan eine Gemeinde zu gründen. Nach dem Gottesdienst erklärte der Bezirksapostel, dass er sich zwar gerne noch verabschieden würde, aber gleich zum Flughafen müsse, um nach Zaire – der heutigen Demokratischen Republik Kongo – zu fliegen. Mir war klar, dass ich nach meiner Rückkehr nach Deutschland diese Verhältnisse nicht auf meinen Wohnort übertragen konnte; aber in mir stand auch das Bewusstsein, dass Missionsarbeit viel weiter und größer gedacht werden müsse, als von Tür zu Tür zu gehen.

Bezirksapostel Michael Kraus war eine markante Persönlichkeit. Unterhaltungen mit ihm waren klar, eindeutig, geradlinig und unmissverständlich. Er war ein wahrhaftiger Paulus der Neuzeit, „brannte“ für Jesus und das Evangelium und missionierte unermüdlich. Das Feuer für die Mission, das er in meiner Seele entfachte, brennt bis heute. Begegnungen mit ihm sind mir immer noch in eindrücklicher Erinnerung.

Missionsarbeit in der Gebietskirche Nordrhein-Westfalen

In einer Gemeinde in Nordrhein-Westfalen besuchten portugiesische Gastarbeiter unsere Gottesdienste und gingen nach einiger Zeit nach Portugal zurück. Apostel Alfred Kusserow bat Bezirksapostel Hermann Engelauf, diese auch weiter betreuen zu können. Nach Gesprächen mit Stammapostel Urwyler entschied dieser anlässlich einer Apostelversammlung im Jahr 1981, die Missionsarbeit in Portugal der Gebietskirche NRW anzuvertrauen. Dieser Auftrag erweiterte sich sehr schnell auf weitere portugiesischsprachige Gebiete. Portugal gelangte plötzlich in den Fokus der Missionstätigkeit. Überall begannen Brüder und Schwestern, die portugiesische Sprache zu lernen und Chöre zu bilden. Dazu gehörte auch ich mit zwei guten Freunden. Das stellte sich im Lauf der Zeit als gar nicht so ganz einfach heraus, bedurfte es doch einer Lehrkraft, mit der wir uns über biblische Geschichten unterhalten konnten und nicht über Zoobesuche, Markteinkäufe und Ausflüge.

Aufgrund der Migration vieler Tamilen und Afrikaner nach Deutschland gab es auch englischsprachige Gottesdienste in Nordrhein-Westfalen. Die Missionsarbeit in der Gebietskirche nahm internationale Formen an.

Internationale Apostelversammlung 1983

1983 wurde ich in das Amt des Bezirksevangelisten ordiniert mit der klaren Weisung, für die Missionsgebiete tätig zu werden. Zunächst ging es, noch als Bezirksevangelist, nach São Tomé und Príncipe. Die erste Reise als Apostel führte mit einer größeren Reisegruppe nach Angola. Später kamen Gebiete wie Macau, Singapur, China, Vietnam, Kap Verde und Guinea-Bissau hinzu. Als Bezirksapostel ging es weiter in osteuropäische Gebiete und nach Indien.

Am 22. Mai 1983, Pfingsten, empfing ich das Apostelamt in Hamburg. Zuvor hatte ich bereits eine Einladung zur Internationalen Apostelversammlung nach Kitchener, Kanada, erhalten. Auch nach vielen Jahrzehnten meiner Tätigkeit ist für mich diese erste Apostelversammlung ein herausragendes Ereignis in meinem Leben. Zum einen gab es Begegnungen mit allen damals 104 tätigen Aposteln weltweit, zum anderen erlebten wir die überwältigende Begeisterung und Opferbereitschaft der Geschwister in Kanada und den Vereinigten Staaten. Über allem standen als Überschrift die weltweite Missionsarbeit und eine Vielzahl persönlicher Begegnungen mit Schwestern und Brüdern, die mich beeindruckten und begleiteten.

Am Samstag fand eine Besichtigung der Kirche in Kitchener statt. Über dem Altar war eine riesige Weltkarte aufgespannt mit den damals zugeteilten Missionsgebieten und noch sehr vielen weißen Flecken. Stammapostel Hans Urwyler bat die Apostel um Augenblicke der Stille und des Gebets, um sich mit dieser Karte und ihrer zukünftigen Arbeit zu beschäftigen. Das hat meine Seele damals tief berührt. Eine Aussage von Bezirksapostel Robert Higelin beim Mitdienen im Gottesdienst hat mich mein Leben lang begleitet. Er erzählte von einem Bruder, der sich nicht so recht traute, in ein Missionsgebiet zu gehen, und dem er dann sagte: „Geh nur hin, Gott ist schon da und wartet auf dich.“ Oftmals habe ich mich in schwierigsten Situationen an diese Aussage erinnert.

São Tomé und Príncipe

Gegen Ende des Jahres 1982 erhielt ich den Anruf eines Evangelisten mit der Bitte, dass wir gemeinsam eine Missionsreise nach São Tomé und Príncipe unternehmen sollten. Das Land war mir völlig unbekannt. „Doktor Google“ gab es noch nicht, Informationen waren spärlich. Zur gleichen Zeit stand zum Jahreswechsel 1982/1983 eine erste Reise nach Portugal an, bei der ich erste Missionserlebnisse sammelte.

Im Februar war ich noch einmal in Portugal und bereitete gleichzeitig meine erste Reise nach São Tomé und Príncipe vor. Am letzten Sonntag im Februar diente Bezirksapostel Hermann Engelauf in der Gemeinde Köln-Lindenthal und ordinierte mich völlig überraschend in das Amt eines Bezirksevangelisten. Mein Aufgabengebiet sollte die Mission sein.

Eine Woche später hielt Stammapostel Hans Urwyler den Gottesdienst für Entschlafene im

März 1983 in Dortmund-Nord. Mein Reisebegleiter und ich wurden ihm vorgestellt und wir empfingen den Reisesegen für die kommende Missionsreise nach Afrika.

Wir flogen über Angola nach São Tomé, hatten ein paar Adressen, keine Ahnung, kein Hotel und keine wirklichen Kontakte. São Tomé und Príncipe war ein in Deutschland völlig unbekanntes Land mit 120.000 Einwohnern, vielen kommunistischen Botschaften, einer Pension und erheblichen Transportproblemen. Irgendwann in den zwei Wochen unseres Aufenthalts gelang es, einen Kontakt zur Regierung herzustellen und mit einer Ministerin zu sprechen. Wir erzählten ihr von unserem Auftrag, die Neuapostolische Kirche bekanntzumachen. Ihre Antwort war, dass es bereits eine große christliche Kirche auf São Tomé gäbe, der über 90 Prozent der Menschen angehören würden. Was wir denn eigentlich wollten? Meine Antwort war: Das möchten wir ändern.

Wir haben es geändert: Heute bekennen sich etwa 20 Prozent der Bevölkerung von São Tomé zur Neuapostolischen Kirche.

Nach anfänglichen Schwierigkeiten und einem verfügten Einreiseverbot, lernte Apostel

Sukami Landu Ronsard auf dem Rückflug von Lissabon nach Angola einen Säotomenser kennen, der ihn in sein Land einlud. Er reiste nach São Tomé und versiegelte dort die ersten Seelen. Es erfolgten viele Reisen auf die beiden kleinen Inseln, bis eine stabile seelsorgerische Struktur mit einem Apostel, mit Bischöfen, Gemeindevorstehern und Funktionsträgern gebildet werden konnte.

Angola

Intensiv wurde die erste Missionsreise nach Angola vorbereitet. Auf unsere Anfrage, ob man im Land reisen könne, antwortete die deutsche Botschaft in Luanda, dass sich dieses Land seit Jahren im Bürgerkrieg befände und Reisen im Land höchst gefährlich oder unmöglich wären. Das klang nicht sehr verheißungsvoll, hat sich schmerzlich bewahrheitet und sollte viele Jahre so bleiben.

Mit einer deutschen Familie, die in Angola eine Druckerei betrieb, gab es einen Kontakt. Man versprach uns, sich um Hotelzimmer zu bemühen und uns zu helfen. Das haben sie in beeindruckender Weise getan. Selbst ein alter

VW-Käfer wurde uns zur Verfügung gestellt, der genau 30 Kilometer hielt.

Zur Reisegruppe zählten Apostel Alfred Kusserow, Bischof Klaus Dieter König und zwei Übersetzer aus Portugal. Im Juli 1983 begann die Reise nach Angola. Oftmals sind Anfänge mühsam und schwierig. Wir wussten eigentlich gar nicht, wie und wo wir anfangen sollten. Gesetze für Ausländer waren kompliziert und undurchsichtig, Gott sei Dank verstanden die einheimischen Behörden sie auch nicht. Es gab zwei Glaubensbrüder dort, mit denen wir versucht hatten, Kontakt aufzunehmen. Beide waren von Apostel Gottfried Schwarzer aus Kanada in Kinshasa, Zaire, versiegelt worden. Einer trug das Amt eines Unterdiakonen und war ein wirklicher Eiferer für das Werk Gottes. Nach einigen Tagen ungeduldigen Wartens trafen wir ihn und seinen Bruder. Die Freude, dass nun endlich Apostel nach Angola gekommen waren, war strahlend und berührend. Er berichtete von seiner „Weinbergsarbeit" in Malange, die er dann auf Uige ausweitete, und manchen Familien, die irgendwie Kontakt zur Neuapostolischen Kirche hatten. In einem Gottesdienst im kleinen

Kreis in unserem Hotel wurden sein Bruder und ein Freund versiegelt und beide zu Diakonen ordiniert, der Unterdiakon Dominique empfing das Priesteramt. Nun war ein Anfang gemacht, aber es sollte noch besser kommen.

Nach einem Besuch in der Deutschen Botschaft wurden wir von einem Mann angesprochen mit der Frage, ob wir die Apostel aus Deutschland wären. Er machte uns bekannt mit dem Leiter einer christlichen Gruppe, die sich dreimal in der Woche traf und sich „Aspiranten" nannte. Mit großer Vorsicht und vielen Fragen lernten wir diese Gruppe kennen und unterhielten uns über unseren Glauben.

Aspiranten, also Anwärter – worauf und wofür? Die Antwort war überraschend: „Wir haben so viel in der Bibel gelesen, und wir sind davon überzeugt, dass erneut Apostel gesandt werden müssen, um die Braut Christi zu bereiten. Ihr seid Apostel, wir wollen nachfolgen, sagt uns, was wir tun müssen, um versiegelt zu werden." Wir ließen uns zu einer Andacht einladen, die diese Gruppe hielt. Als dazu ein Bibelwort vorgelesen wurde – „Und er wird seine Engel senden mit hellen Posaunen, und sie werden seine Auserwählten sammeln von den vier Winden, von einem Ende des Himmels bis zum andern" (Matthäus 24,31) – war ich sehr bewegt, und es stellte sich eine Ahnung davon ein, dass Gott mit den Menschen aus diesem Kreis viel vorhatte. Apostel Alfred Kusserow versiegelte einen Tag später die ersten Seelen. Zwei Tage später hielt ich einen weiteren Gottesdienst in dieser Gruppe, versiegelte weitere Seelen und setzte einen ersten Diakon, den bisherigen Leiter der Aspiranten und späteren Apostel Sukami Landu Ronsard.

Die Rückreise war chaotisch, aber irgendwann haben wir es mit tagelanger Verspätung und dem Ankauf von Bordkarten gegen Bargeld geschafft, nach Deutschland zurückzukehren.

Am Ende des Jahres 1983 gab es drei Gemeinden in unserer Statistik: Luanda, Malange und Uige mit insgesamt 296 Geschwistern. Heute leben in diesen drei gleichnamigen Provinzen mehr als 100.000 Geschwister.

Sechs Wochen später reiste ich erneut mit einem Dolmetscher nach Angola. Bei der ersten Reise hatten wir einen Mann kennengelernt, der uns mitteilte, er würde sofort in seine Heimatstadt Uige zurückkehren und die

Nachricht von der Ankunft der Apostel übermitteln. Nun stand die erste Inlandsreise an, und ich lernte Angola kennen. Zum einen sah ich wunderschöne Landschaften, zum anderen waren da unvorstellbare Straßen und Pisten, permanente Treibstoffknappheit, einfachste Unterkünfte ohne Wasser und Elektrizität und kaum Lebensmittel. In einer kleinen Hausgemeinde wurden die ersten Seelen versiegelt und einige Amtsträger gesetzt. Das Verlangen, der Glaube und der unbedingte Wille zur Nachfolge haben uns tief beeindruckt.

Wieder ein paar Wochen später ging die Reise nach Malange, in der Mitte des Landes. Auch dort erwartete uns eine kleine Schar von Seelen, die versiegelt werden wollten. Und so ging es immer weiter. Unsere versiegelten Geschwister informierten ihre Verwandten und Freunde in ihren Heimatdörfern und trugen das Evangelium weiter. Das führte zu einer rasanten Ausbreitung unserer Kirche in Angola und zu einer umfangreichen Reisetätigkeit trotz des Bürgerkriegs. Alles wollte gleichzeitig organisiert werden, Kinder- und Jugendarbeit, Chorbildung, Ämterseminare, Opferverwaltung ohne ein verlässliches Bankensystem,

Grundstücksbeschaffung und Kirchenbau sowie der Aufbau einer Administration. Das war ein gewaltiges Arbeitspensum, welches etwas weniger wurde, als der erste Apostel ordiniert wurde und vor allem reisen und die vorbereiteten Seelen versiegeln konnte.

Zu den ersten Reisen gehörten auch Ziele im Land, in denen wir zuvor nicht tätig waren. Der Osten Angolas war durch den Krieg nahezu abgetrennt, dazu kamen miserable Straßenverhältnisse und rein zufällige Flugverbindungen. Der Plan war von Lubumbashi in Zaire den Osten Angolas zu erreichen. Anfang 1985 war ich zu einem Jugendtag in Lubumbashi eingeladen, den Bezirksapostel Robert Higelin hielt. Es war für mich eine beeindruckende Reise in ein anderes afrikanisches Missionsgebiet, in dem die Kirche schon längere Zeit tätig war. Von Lubumbashi ging die Reise mit einem Jeep in 48 Stunden nach Dilolo am gleichnamigen Grenzfluss zwischen Zaire und Angola.

Am Abend hielt ich den ersten Gottesdienst mit Heiliger Versiegelung und Amtseinsetzung nach dem Heimgang von Apostel Paul Kabeya in dieser Gemeinde. Nie vergesse ich, wie beim Betreten der überfüllten Kirche die Geschwister das Lied sangen: „Gehe nicht vorbei, o Heiland, hör des Herzens Schrei." Dieses Lied ist für mich untrennbar mit diesen Augenblicken verbunden.

Anderntags bin ich zur Brücke am Grenzfluss gefahren. Ich durfte sie betreten, in der Mitte war eine Grenzlinie, der angolanische Kommandeur begrüßte mich und erklärte, dass es aufgrund der kriegerischen Auseinandersetzungen leider nicht weiter ginge. Wie um seine Aussage zu bekräftigen, explodierten rasch hintereinander einige Granaten und es setzte heftiges Maschinengewehrfeuer ein. Ich habe noch schnell meinen rechten Fuß über die Grenzmarkierung geschoben, war also in Angola und bin wieder zurückgegangen und anschließend nach Lubumbashi zurückgefahren.

Zwei Monate später wollten wir von Luanda in den Süden nach Benguela fliegen. Die Reiseverhältnisse waren komplett chaotisch. Am dritten Tag auf dem Flughafen kam der damalige Bezirksevangelist Manuel Eduardo Mbuta freudestrahlend mit zwei Bordkarten. Das Reiseziel lag allerdings nicht im Süden, sondern im Osten. Die Stadt hieß Moxico. Mein Reisebegleiter und ich haben uns kurz angeschaut, die Schultern gezuckt und gesagt: Dann fliegen wir eben in den Osten. Bei der Ankunft war der Flughafen völlig verlassen. Wir nahmen unser schmales Reisegepäck, fanden einen Taxifahrer, zeigten ihm unser Kirchenemblem, was er freudig nickend zur Kenntnis nahm. Er fuhr uns zu einer Kirche, und wir trauten unseren Augen nicht: Eine große, massive Steinkirche mit unserem Emblem an der Fassade erwartete uns. Wir stiegen aus, es kamen Leute, mein Begleiter erklärte, dass ich ein Apostel unserer Kirche sei. Dann war es so, als wenn in dem Ortsteil ein Feuer ausgebrochen wäre: Die Menschen sprangen um uns herum, jubelten und waren außer sich vor Freude.

Von Sambia und von Zaire waren einige Geschwister und Amtsträger in diesen Bereich umgesiedelt, hatten Gemeinden gegründet, Missionsarbeit betrieben, Gottesdienste durchgeführt, Chöre gebildet, eine Sonntagsschule eingerichtet und ein aktives Gemeindeleben entwickelt. Es war eigentlich alles vorhanden, es fehlte nur ein Apostel, um Seelen zu versiegeln und Amtsträger zu ordinieren. In den siebzig Stunden meines Aufenthalts habe ich nahezu ununterbrochen Gottesdienste gehalten. Aus den umliegenden Dörfern kamen bis zum Abflug suchende und verlangende Seelen mit dem einen Wunsch: die Gabe Heiligen Geistes zu empfangen. Am Ende waren mehr als tausend Seelen versiegelt und eine Anzahl Amtsträger eingesetzt, ein Hirte wurde zur Betreuung des neu gegründeten Bezirks beauftragt.

Nordbrasilien

Stammapostel Hans Urwyler hat einmal über die Missionsarbeit den Satz geprägt: Es ist überall gleich, nur etwas anders. Man könnte diesen Satz auch so interpretieren: Es ist überall anders, nur etwas gleich. Gleich sind zweifellos das Evangelium, unser Glaube und unser Glaubensziel; ansonsten ist vieles anders: die Kulturen der Völker und Länder, die Sprachen, die Historie, die Lebensumstände, die Ernährung, die klimatischen Verhältnisse, sicherlich auch kirchliche Strukturen. Das wurde mir erstmals sehr bewusst, als wir uns um die Missionsarbeit in Nordbrasilien bemühten. Bezirksapostel Hermann Engelauf teilte das riesige Gebiet unter den Aposteln aus Nordrhein-Westfalen auf. Nachdem die Küstengebiete zugeordnet waren, wandte er sich zu mir und sagte: „Das ganze Innere Brasiliens, vor allem das Amazonasgebiet, kannst du übernehmen.“ Dieses Gebiet war mehrfach größer als die Bundesrepublik in ihren damaligen Grenzen. Mit nichts als Gottvertrauen und Glaubensmut bin ich mit einem Dolmetscher über Rio de Janeiro nach Manaus geflogen, welches am Zusammenfluss des Rio Negro und Solimões liegt und den Beginn des Amazonas bildet.

Wir haben Menschen auf der Straße angesprochen und versucht, sie über unseren Glauben zu informieren. Nach ein paar Tagen hatten wir eine Gruppe interessierter Menschen zusammen, die wir zu einem Gottesdienst einluden. Kurze Zeit später konnten erste Seelen versiegelt und ein Priester ordiniert werden. Leider kam es gleich im Anschluss zu Problemen: Der Priester gab sein Amt zurück und wir verließen eine Kleinstgemeinde ohne seelsorgerische Versorgung. Hilfe nahte durch einen

Bruder, der mit seiner Familie von Argentinien nach Manaus gezogen war. Er entwickelte sich als starke Stütze in der damaligen Zeit und trug später das Amt eines Bezirksevangelisten.

Die Arbeit im Amazonasgebiet war schwierig und mit lang dauernden Flugreisen verbunden. In den Provinzhauptstädten konnten Gemeinden gegründet werden, Amtsträger wurden ordiniert, aber es blieb ein dauernder Kampf um die Stabilisierung der Gemeinden und Bezirke. Dazu kam die erhebliche Armut der Menschen, das schwierige Klima, die weiten Entfernungen und die unterschiedlichen Lebensverhältnisse. Nach der Ordination von Apostel Nicoló Augello, der für ganz Nordbrasilien zuständig wurde, zog ich mich vier Jahre später aus der Arbeit in Brasilien zurück.

Litauen und Fernost Russland

Eine besondere Erfahrung war die Missionsarbeit zunächst in Litauen und später in Fernost Russland. Die Vision von Stammapostel Fehr war „Der Osten geht auf". Er ging auch auf, zunächst sehr zaghaft, indem sich die Litauische Republik ganz vorsichtig auf den Weg in die

Unabhängigkeit machte. Das war in den Medien interessant. Die Führung der Sowjetunion sah das als „Spielchen“ an; aber die Situation eskalierte immer weiter. Bei einem Besuch von Stammapostel Fehr in Portugal im Juni 1988 unterhielten wir uns darüber. Mein Vorschlag war, einfach mal hinzugehen und zu prüfen, ob wir dort als Kirche tätig werden können. Der Stammapostel stimmte zu, und ich begann mit der Reiseplanung. Nach der Erklärung der Unabhängigkeit im Jahr 1989 stellte ich einen Visumantrag noch bei der russischen Botschaft. Ich fragte einen in Litauen geborenen Priester, ob er mich begleiten würde, und reiste mit ihm Ende Juli 1990 nach Litauen. Das hört sich einfach an, war aber kompliziert. Es gab keine Buchungsmöglichkeit für ein Hotel. Der Priester hatte ein paar familiäre Kontakte aus alter Zeit. Nach einer „ewig langen“ Reise kamen wir in Vilnius an. Wir fanden, dank der damals beliebten kleinen grünen Scheine mit dem Dollarzeichen, ein Hotelzimmer. Ich erlebte am andern Tag einige Einblicke in das stolze, selbstbewusste und aufrechte Volk der Litauer. Wir trafen uns mit der Familie unseres Priesters in Kybartai, an der Grenze zum früheren Ostpreußen, unterhielten uns, evangelisierten, hielten einen Gottesdienst und konnten mehr als zwanzig Seelen der Familie versiegeln. Zwei Diakone wurden eingesetzt. Als ich mich mit einem Bibelwort für diesen ersten Gottesdienst beschäftigte, wurde ich auf Nehemia 2,5 gelenkt: „… so wollest du mich senden nach Juda, zu der Stadt des Begräbnisses meiner Väter, dass ich sie baue" (Lutherbibel 1912). Dieses Wort hat mich tief bewegt.

Für eine erste Erkundungsreise ging das alles sehr schnell. Auf dem Rückweg von Kybartai nach Vilnius war mir schon klar, dass es einer rechtlichen Grundlage bedurfte, weiter tätig zu bleiben. Wir lernten ein Ehepaar kennen, welches Kontakte zur Übergangsregierung hatte und sich unglaublich bemühte, uns zu helfen. Einen Tag später hatten wir einen Termin im Rathaus zu Vilnius, welches durch Sandsäcke und Stacheldraht schwer gesichert war, und erhielten 24 Stunden später durch den vorläufigen Außenminister eine Bestätigung, die es uns erlaubte, in Litauen Gottesdienste abhalten zu können. Es war eine Kette von Gotterlebnissen, die mir deut-

lich machten, Gott war schon längst da und hatte Seelen bereitet, die auf die Apostel Jesu warteten.

Nach meiner Rückkehr und der Berichterstattung über unsere Aktivitäten im Baltikum erhielt ich einen Hinweis zu einer litauischen Familie, die in Norddeutschland Gottesdienste besucht hatte. Die zweite Reise verlief noch spektakulärer als die erste. Zum einen lernte ich den gerade ordinierten Priester Alexander Kondrashov kennen, der später als Apostel in Russland wirkte, und hielt in seiner Wohnung in Klaipeda einen Gottesdienst mit Heiliger Versiegelung und Amtseinsetzung. Zum anderen führte mich die Adresse aus Norddeutschland nach Šilutė, dem früheren memelländischen Heydekrug. Ein freudiger junger Mann in Unterhemd und Turnhose öffnete uns und bat uns in die Wohnung. Ich stellte mich vor und erklärte meine Mission. Lange Rede, kurzer Sinn: Nach vier Stunden waren er, seine Familie und die Mutter versiegelt. Ich setzte ihn zum Diakon mit dem Auftrag, vier Wochen später in seiner Stadt Šilutė einen Gottesdienst vorzubereiten und dazu einzuladen. Es ist nach heutigen Maßstäben kaum vorstellbar, dass das funktioniert hat. Mehr als hundert Gäste nahmen bei meinem nächsten Besuch an dem Gottesdienst teil; einige von ihnen konnten versiegelt werden. Ich ordinierte Diakon Artûras Strelciûnas zum Priester. Seit März 2002 dient er als Bischof den Gemeinden in Litauen und Lettland. Natürlich ist nicht alles geblieben, wie es war. Der Beitritt zur Europäischen Union brachte eine erhebliche Arbeits- und Reisefreiheit, die dazu führte, dass viele Litauer ihr Glück im Ausland versuchten und deswegen manche Gemeinden verwaisten und zusammengelegt werden mussten.

Bezirksapostel Hermann Engelauf führte seine letzte Auslandsreise vor seiner krankheitsbedingten Ruhesetzung nach Litauen durch. Nach einem kleinen Gottesdienst in der Hauptstadt Vilnius ging es dreihundert Kilometer in den Westen nach Klaipeda, das frühere Memel. Unterwegs sagte der Bezirksapostel, dass Stammapostel Fehr ihn gebeten habe, in Richtung Fernost Russland Ausschau zu halten. Zum Verständnis: Fernost Russland liegt östlich von Sibirien und stellt ein Gebiet dar, welches früher kaum Erwähnung fand.

Irgendetwas klingelte schwach bei mir im Hinterkopf; aber ich kam einfach nicht drauf. Einen Tag später, am Samstag, war ein kurzer Ausflug auf die Kurische Nehrung nach Nida geplant. Es fuhr uns ein Priester mit deutschen Wurzeln, den ich im Krankenhaus auf der Intensivstation versiegelt hatte. Dann fiel bei mir der Groschen, und ich fragte: „Fritz, du hast mir doch irgendwas von Fernost Russland und der Insel Sachalin erzählt?“ „Ja, ja“, erwiderte er, „mein Sohn ist mit einer Frau von Sachalin verheiratet und wohnt auch da.“ „Ja“, sagte ich, „dann ruf ihn an. Ich möchte da hin und brauche seine Hilfe.“ Seine Erwiderung: „Ich brauche ihn nicht anzurufen, er verbringt im Augenblick Urlaub mit seiner Familie bei uns in Klaipeda. Du kannst mit ihm sprechen.“ Bezirksapostel Engelauf entschied sogleich: Wir fahren zurück und sprechen mit der Familie. Am Sonntag wurde die Familie versiegelt und der Mann als erster Diakon für Fernost Russland und Sachalin ordiniert.

Meine erste Reise nach Fernost Russland fand drei Wochen später statt. Ich wollte nach Wladiwostok und von dort nach Sachalin. Eine Einreise nach Wladiwostok war noch nicht möglich, nach Sachalin ging es erst eine Woche später, und man empfahl mir, nach Chabarowsk zu fliegen, einer Stadt, die ich überhaupt nicht kannte. Der Dolmetscher machte sich nach Wladiwostok auf den Weg. Ich flog über Moskau nach Chabarowsk, wieder ging es mir so wie in São Tomé, ohne Plan … Der Dolmetscher rief mehrmals meine Frau an und fragte: „Wo ist der Apostel?“ Sie antwortete regelmäßig: „In Russland, wo genau, weiß ich auch nicht.“ Irgendwann trafen wir uns nach manchen Irrungen und Wirrungen in Juzno-Sachalinsk, der Hauptstadt der Insel und Provinz Sachalin. Die Zeit war knapp. Wir haben Anzeigen geschaltet, eingeladen und eine Informationsveranstaltung geplant. Diese fand mit einer regen Beteiligung statt. Ich habe von unserem Glauben gesprochen, evangelisiert und darüber informiert, dass wir einige Wochen später einen ersten Gottesdienst in Juzno-Sachalinsk halten würden. Alles war zu Ende, unser Emblem war eingerollt, die Bibel verpackt, da kam ein Mann mit zwei Frauen zurück und fragte: „Sie haben gesagt: Jesus kommt wieder und nimmt seine Braut zu sich. Wenn wir vor Ihrer Rückkehr nach

Sachalin nicht Träger Heiligen Geistes sind, sind wir dann dabei?" Wahrheitsgemäß habe ich geantwortet: „Das weiß ich auch nicht." Er insistierte weiter: „Wir möchten gerne heute Abend den Heiligen Geist empfangen, um bei der Wiederkunft Christi dabei zu sein." Dieses Verlangen hat mich tief berührt. Wir haben alles wieder ausgepackt und erneut einen Gottesdienst mit Heiligem Abendmahl gefeiert. Anschließend habe ich diese drei Seelen versiegelt und den Mann sogleich zum Diakon gesetzt mit der Aufgabe, einen kommenden Gottesdienst vorzubereiten. Jahrelang hat der spätere Priester Gennadi die Gemeinde begleitet und versorgt.

Bei vielen weiteren Reisen wurden Gemeinden im riesigen Fernost Russland gegründet, Seelen versiegelt und Kirchen gebaut. Schade, dass wir keine Beständigkeit erreichen konnten und heute nur noch wenige Geschwister die Gottesdienste besuchen.

Osttimor

Ein Erlebnis der besonderen Art war die Missionstätigkeit in Osttimor. Indonesien fängt knapp östlich von Singapur an und hört nach mehr als fünf Flugstunden etwas westlich von Australien auf. Der Inselstaat besteht aus etwa 17.500 Inseln. Über 6.000 davon sind bewohnt, und eine Insel heißt Timor. Sie liegt mitten im indonesischen Archipel. Der westliche Teil war von den Niederlanden kolonisiert und wurde nach dem Zweiten Weltkrieg eine indonesische Provinz. Der östliche Teil war lange eine portugiesische Kolonie. Nach dem Sturz des Salazar-Regimes in Portugal im Jahr 1975 zogen sich die Portugiesen aus allen Kolonialgebieten zurück und hinterließen nicht nur ihre Waffen, sondern auch viele verfeindete Parteien. Das führte vor allem in Afrika zu jahre- und jahrzehntelangen Bürgerkriegen und in Osttimor zu einer komplizierten politischen Situation. Indonesien besetzte den östlichen Teil der Insel, und die Inselbevölkerung kämpfte viele Jahre einen blutigen Kampf gegen die indonesischen Besatzer. Schätzungen gehen davon aus, dass mehr als 100.000 Zivilisten beim Kampf für die Unabhängigkeit ums Leben kamen.

Im Mai 1991 bin ich von Singapur erstmals heimlich nach Dili, Osttimor, gereist. Ich war einfacher Tourist ohne Bibel, ohne Visitenkarte, ohne einen Hinweis auf die Neuapostolische Kirche. Die Spannungen zwischen den indonesischen Soldaten und der timoresischen Bevölkerung waren von morgens bis abends spürbar. Ich fühlte mich beobachtet und kontrolliert, viele sprachen mich an, um auf die Gräueltaten der Besatzer aufmerksam zu machen. Irgendwann stand ich an der Straße der großen katholischen Kathedrale, die aus Anlass eines Papstbesuchs gebaut worden war, als vor mir ein Auto mit quietschenden Reifen hielt. Zwei Männer sprangen raus und zogen mich ins kochend heiße Auto. Die Männer sprachen Englisch mit mir – die portugiesische Sprache hatte ich während meiner ganzen Reise vermieden – und berichteten von Verfolgung, Gefängnisaufenthalten, zeigten mir ihre Folterwunden und beschworen mich, unbedingt der westlichen Welt mitzuteilen, was in Osttimor vor sich ging. Nach einer dreistündigen Irrfahrt in dem – außer einem kleinen Teil der Frontscheibe – völlig abgedunkelten Fahrzeug hielten sie an. Ich konnte den PKW verlassen und war erstmal fertig. Zu Gesprächen kam es auf dieser Reise nicht.

Beeindruckend war für mich jedoch, dass am Sonntag die katholische Kirche in Dili nicht nur voll war, es gab Hunderte von Menschen auf den Straßen, zu denen der Gottesdienst per Lautsprecher übertragen wurde. Ungeachtet dessen war ich froh und dankbar, wieder heil in Singapur nach diesem „Ausflug“ anzukommen.

Anschließend habe ich mit der Hilfe unserer portugiesischen Amtsträger Kontakt zu timoresischen Flüchtlingen in Lissabon aufgenommen. Die Entwicklung in Osttimor gestaltete sich unterdessen immer weiter in Richtung Unabhängigkeit, die 2002 realisiert werden konnte.

Zuvor wurde eine Übergangsregierung eingesetzt, die von Darwin, Nordaustralien, aus geleitet wurde. Von dort bin ich Anfang 2002 erneut nach Dili gereist. Die kleine Inselhälfte mit etwa 400.000 Menschen befand sich im Umbruch; aber wir erhielten eine vorläufige Registrierung als Nichtregierungsorganisation und konnten anschließend zwei Grundstücke erwerben. Nun waren regelmäßige Besuche möglich. Unsere Kontakte aus Portugal brachten wenig Erfolg. Diese Menschen waren tief in der katholischen Kirche verwurzelt.

Wir fanden die ersten Interessenten, wir hielten erste Gottesdienste, es fanden Versiegelungen und Amtseinsetzungen statt, in einem klitzekleinen Fleckchen auf der großen internationalen Landkarte. Heute versammeln sich in Osttimor in mehreren Gemeinden mehr als viele hundert Geschwister.

Über das Reisen

Wer reist, der erlebt etwas, Reisen bildet, erweitert den eigenen Horizont und das Verständnis für andere. Das Erleben der Verhältnisse in anderen Ländern hilft, zu Hause zufriedener zu sein.

In einem Vorort der Hauptstadt Luanda hatten die Geschwister eine kleine Kirche gebaut. Das palmgedeckte Flachdach war nur 1,90 Meter hoch. Ich stand also mit den Haaren in der Palmenabdeckung, und während des Gottesdienstes kribbelte und krabbelte es auf meinem Kopf. Ich sagte den Brüdern: „So geht das nicht, zwei Meter Kopfhöhe brauche ich wenigstens." Sie versprachen, das Problem zu lösen. Drei Reisen später war ich wieder in dieser Kirche. Sie machte von außen einen genauso kleinen Eindruck. Als der Gottesdienst begann, wurde ich darauf hingewiesen, vorsichtig zu sein, wenn ich an den Altar treten würde. Der Grund war einfach: Um an Höhe zu gewinnen, hatte man hinter dem Altar ein Loch gegraben, und ich stand ungefähr zehn Zentimeter tiefer, sodass ich die entsprechende Kopffreiheit hatte.

Auch das Essen war oftmals problematisch. Ich habe mich bemüht, so zu leben wie meine Geschwister. Der einzige Vorteil war, dass das Wasser auf Reisen für mich vorher abgekocht wurde. Mit dem Essen war das schon etwas schwieriger. Wenn so eine komplett gekochte Ziege auf dem Tisch liegt, dann geht das einfach nicht in einen westeuropäischen Magen rein. Gott sei Dank gibt es überall Hühner, die Eier legen. Während einer Reise habe ich innerhalb von drei Wochen über hundert Eier verspeist, weil es anderes überhaupt nicht mehr gab. Erdnüsse und Bananen waren oft eine unverzichtbare Überlebensnahrung.

Das Schlafen auf Reisen war auch ein spezielles Problem. Hin und wieder gab es eine kleine Hütte mit einer Plastikunterlage. Die Tiere lebten direkt nebenan. Manchmal schlief man schon etwas komfortabler in einer Wellblechhütte. Wenn dann aber nachts der Regen auf das Wellblechdach prallte, war es so, als wenn man im Maschinengewehrfeuer gestanden hätte.

Angst und Gefahren

Während der Missionsarbeit erlebt man viel Schönes, aber mitunter auch Dramatisches.

Oftmals wurde ich gefragt: „Haben Sie eigentlich Angst, wenn Sie in gefährlichen Gebieten unterwegs sind?“ Ich habe die Frage in der Regel verneint, denn Angst ist grundsätzlich ein schlechter Reise- und Lebensbegleiter. Natürlich kann man in bestimmten Situationen ein Gefühl der Sorge, des Unwohlseins und der Unsicherheit nicht unterdrücken. Reist man in Kriegs- und Krisengebieten, ist man nervös, vorsichtig und froh, am Ziel angekommen zu sein. Stellt man nach der Rückkehr in das Hotel fest, dass das Zimmer „besucht“ worden ist, schaut man sich häufiger um, ob jemand einem folgt. Dauert es bei der Einreise in ein Land länger als gewöhnlich, bis der Reisepass zurückgegeben wird, ist es wahrscheinlich, dass ein Vermerk im Computer steht. Wird man in der Nacht von Maschinengewehrfeuer geweckt, schläft man schlecht wieder ein.

Ich bin zutiefst davon überzeugt, dass Glaube und Gottvertrauen helfen, Angst zu überwinden. Die biblischen Beispiele des Sturms auf dem See Genezareth, als Jesus seelenruhig schlief, während seine Jünger voller Lebensangst waren, und der Aufenthalt von Daniel in der Löwengrube sind hierfür Beispiele. Jesus fragte seine Jünger, nachdem sie ihn geweckt hatten: „Wo ist euer Glaube?“ (Lukas 8,25). Von Daniel wird berichtet, dass er unverletzt aus der Löwengrube gezogen wurde, „... denn er hatte seinem Gott vertraut“ (Daniel 6,24).

Wir waren zwei Tage unterwegs, um erstmals die Gemeinde in Maquela do Zombo zu erreichen, das unmittelbar an der früher zairischen Grenze liegt. Wir hatten eine einfache Unterkunft, ein Bett, einen Nagel für die Kleidung und einen Stuhl. Der damalige Bezirksevangelist Ronsard machte sich auf, den Gottesdienst vorzubereiten, als vier Soldaten an meine Tür klopften: Der Kommandeur würde mich gerne kennenlernen, und ich solle bitte meinen Reisepass mitbringen. Zunächst fand ich das noch normal; aber als mich dann ein Soldat vorne, einer hinten, einer links und einer rechts eskortierte, war mir schon etwas unwohl. Der Kommandeur fragte nach meinem Woher und Wohin, interessierte sich sehr für meinen Reisepass, den ich ihm zeigte, es gab ein kleines Gerangel, und ich hatte ihn wieder. Der Kommandeur bedeutete mir, wieder in mein Zimmer zurückzugehen, dort zu warten und keinen Gottesdienst zu halten, da eine andere Kirche strikt dagegen sei. Bezirksevangelist Ronsard kam zurück. Ich erklärte ihm die Situation, und er sagte: „Apostel, da warten hundert Seelen auf die Heilige Versiegelung, wir haben hier eine Gemeinde, du musst hier dienen!" Ich habe es dann auch mit viel Angst und Sorgen getan. Es brannte nur eine einsame Kerze auf dem Altar, um das Bibelwort vorzulesen, alles andere geschah in Finsternis. Ich war froh, als der Gottesdienst vorüber war und wir uns anderntags aus der Stadt schleichen und auf die Rückreise machen konnten.

Das Erlebnis führte noch zu einem interessanten Aspekt. Ich hatte einen Priester ordiniert, von dem wir anschließend nichts mehr hörten. Nach knapp zwei Jahren schickte mir der Vorsteher einer süddeutschen Gemeinde einen Brief, der unter der Kirchentür durchgeschoben worden war. Die Adresse lautete: Apostel Armin Brinkmann, Alemanha. Mir schrieb der damals ordinierte Priester, dass er mittlerweile im medizinischen Dienst des Rebellenführers arbeiten würde. Leider könne er die Gottesdienste momentan nicht besuchen. Nie würde er den Moment vergessen, in dem ich ihm zunächst die Hände zur Heiligen Versiegelung auflegte und anschließend, um ihn ins Priesteramt zu ordinieren. Immer sonntags würde er ganz besonders an diese Augenblicke denken. Welch ein Zeugnis! Missionsarbeit ist gefährlich, auch wenn man täglich um den Engelschutz Gottes betet. Bei unserer ersten Reise nach Angola schrieb die deutsche Botschaft in Luanda: „Bitte vergessen Sie nicht, dass sich dieses Land seit Jahren im Bürgerkrieg befindet."

Was das hieß, haben wir 1989 erfahren. Auf dem Rückweg von Uíge nach einem Gottesdienst wurde bei strahlendem Sonnenschein mittags um 12 Uhr am Ende eines Dorfes Maschinenpistolenfeuer auf uns eröffnet. Ich bekam einen heftigen Schlag auf den Oberschenkel, sodass ich, Gott sei Dank, den Fuß nicht mehr vom Gas nehmen konnte und war an der Lippe und am Oberarm getroffen. Apostel Ronsard lag an meiner rechten Seite und sagte: „Eu vou morrer“ (das heißt auf Deutsch: Ich werde sterben), was seine letzten Worte sein sollten. Ein Bruder band mir von hinten den linken Arm ab, der extrem stark blutete, während ich versuchte, den Jeep unter Kontrolle zu halten. Nach dreißig Minuten erreichten wir Camabatela. Der kontrollierende Soldat winkte uns gleich durch, als er meine Verletzungen sah. In der katholischen Kirche fanden wir Hilfe. Eine Ordensschwester und ein Pater hoben mich aus dem Wagen. Ich hatte viel Blut verloren. Apostel Ronsard war zu diesem Zeitpunkt bereits gestorben. Wir waren fünf Fahrstunden von der Hauptstadt entfernt und versuchten, das Drama zu begreifen.

Ein Sarg wurde gezimmert. An unserem Jeep waren außer der Frontscheibe alle weiteren Scheiben zerstört. Nach einer kurzen und unruhigen Nacht begaben wir uns auf den Rückweg in die Hauptstadt. Wie wir Luanda erreicht haben, weiß ich nicht mehr. Ich erinnere mich nur an die schlimmen Szenen, die sich abspielten, als wir mit dem Sarg bei der Gattin des Apostels eintrafen und den Bruder des Apostels aufsuchten. Die anschließenden Tage waren fürchterlich. Ich habe noch die Trauerfeier durchgeführt und bin anschließend mit meinen Verletzungen nach Hause zurückgereist. Das Wiedersehen mit meiner Familie sowie den Brüdern und Schwestern war sehr emotional, viele gratulierten mir zum „zweiten" Geburtstag. Noch heute sind die damaligen Geschehnisse unauslöschlich in meinem Gedächtnis verankert.

Wie sollte es weitergehen?

Stammapostel Richard Fehr schrieb nach dem Überfall, dass der Gedanke aufkommen könnte, dass die Apostel sich nicht in so extreme Gefahren begeben sollten. Er gab darauf die Antwort: Dann hätte Paulus keine einzige seiner Missionsreisen durchgeführt. Diese Aussage hat mich ermutigt, drei Wochen später erneut nach Angola zu reisen und die Geschwister zu trösten und zu stärken.

Natürlich kann man Missionsarbeit nur mit einer starken Ehefrau an der Seite durchführen. An einem Samstag führte ich eine Ämterversammlung durch, als es in Luanda eine heftige Detonation gab. Ich kehrte sofort ins Hotel zurück, die Brüder fuhren nach Hause und dann war Krieg in der Hauptstadt. Ich wurde Zeuge von grauenvollen Szenen und flüchtenden Menschen, auf die Jagd gemacht wurde. Ein paar Tage später beruhigte sich die Situation, und ich begab mich vorsichtig zur Deutschen Botschaft, die sich im Belagerungszustand befand. Man versprach mir, meine Familie zu informieren, zwei Tage später konnte ich in einer viersitzigen Cessna einen Platz kaufen und nach Namibia ausfliegen. Meine Frau berichtete mir später von dem Anruf des Auswärtigen Amts. Sie sollte verbunden werden, was ein paar Minuten dauerte. Ihr Gedanke war, entweder bist du gleich Witwe und musst allein die Kinder versorgen oder er hat überlebt. Ich hatte überlebt, aber mit einer solchen Situation muss man erst einmal fertig werden.

Das sollte nicht das einzige dramatische Ereignis bleiben.

1997 wurde im Süden Angolas, in Lubango, eine große Kirche eingeweiht. Ich hatte dazu alle angolanischen Apostel mit ihren Frauen eingeladen. Am Samstag hielten wir einen Jugendgottesdienst, besuchten einen Aussichtspunkt und fuhren zurück in unsere Unterkunft. Zehn Kilometer vor Lubango geriet unser mit zwölf Personen besetzter Jeep in einer langgezogenen Linkskurve außer Kontrolle und überschlug sich mehrfach. Ich verlor kurz das Bewusstsein, konnte aber anschließend alles noch bewegen und krabbelte durch die Hintertür aus dem Jeep. Der Unfallort war ein Desaster. Ich zählte fünf Tote, fünf Schwerverletzte, Apostel Mbuta und ich waren nur mittelschwer verletzt.

Das sind Momente, in denen man zum Himmel schaut und sagt: „Lieber Gott, was soll das eigentlich? Ich mache das hier nicht aus Vergnügen, sondern für dich und für dein Werk!" Was es heißt, an einem solchen Ort einen so schweren Unfall zu erleiden, kann man nicht im Detail schildern. Es gab keine Medikamente, es gab keine Versorgung der Schwerverletzten, wir waren mehr oder weniger auf uns selbst gestellt.

Am Sonntag habe ich die Einweihung der neuen Kirche in Lubango durchgeführt. Für den Nachmittag hatten wir ein Charterflugzeug bestellt. Wir mussten das Gepäck der Verstorbenen zusammenpacken, die zum Teil Schwerverletzten zum Flughafen transportieren und sind dann nach Luanda zurückgereist. Dort mussten wir den Angehörigen die Trauernachricht vom Heimgang ihrer Lieben überbringen. Es war eine so große Trauer, die ich in meinem Leben nicht vergessen werde.

An diesem Unfall habe ich länger gelitten und empfinde diesen Tag als meinen „dritten" Geburtstag.

Die Angst, die mich unterschwellig eigentlich bei jeder Reise begleitete, wurde mir erst bewusst, als nach dem Tod des Rebellenführers Jonas Savimbi Frieden im Land war und ich wirklich ohne große Sorgen reisen konnte. Dass im Land noch 12 Millionen Landminen vergraben waren, stellte noch immer eine Gefahr dar, war aber nicht mehr so sehr besorgniserregend. Die kriegsbedingten Zerstörungen im Land waren dramatisch, es gab kaum eine Familie, die nicht Kriegsopfer zu beklagen hatte.

Mitarbeiter in der Mission

Es gibt bei allen Besuchen in einem Missionsgebiet zwei Bitten, die unserem himmlischen Vater entgegengebracht werden. Die erste Bitte ist: Zeige uns die Seelen, die am Evangelium interessiert sind, die Gabe Heiligen Geistes empfangen möchten und das Apostelamt suchen. Die zweite Bitte lautet: Zeige uns die, die in der Gemeinde- und Bezirksarbeit mithelfen wollen und können. Diese Bitten haben zu besonderen Erlebnissen geführt. Zu Beginn der Missionsarbeit unserer Gebietskirche in Angola, Portugal und Brasilien stellte es sich schnell heraus, wer die ersten leitenden Amtsträger werden würden. Am 25. August 1985 ordinierte Stammapostel Hans Urwyler die Apostel Sukami Landu Ronsard, Manuel Luiz und Nicoló Augello zu Aposteln für die portugiesischsprachigen Länder. Diese Männer wuchsen einfach schnell aus der Schar der Amtsträger heraus. Bei dem angolanischen Apostel Sukami Landu Ronsard – der schon ein paar Jahre später auf so tragische Weise ums Leben kam – gab es noch eine kleine Komplikation: Wir checkten in ein Hotel in Uíge ein – wobei das Wort „Hotel“ zur damaligen Zeit als Kaschemme verstanden werden muss – und füllten das obligatorische Formular aus. Unter dem Begriff „estado civil“, also Familienstand, schrieb ich „casado“, verheiratet, und Apostel Ronsard „solteiro“, alleinlebend. Ich fragte: „Wieso?“ Er hatte eine liebenswerte Frau, Jacky, und zwei Kinder. Ja, erwiderte er, er sei nach afrikanischer Tradition verheiratet, aber nicht amtlich registriert. Mir brach der Schweiß aus, denn 1985 war das für eine Ordination in ein hohes Amt kaum vorstellbar. Nach der Rückkehr haben beide dann schnellstmöglich geheiratet. Bezirksapostel Engelauf spendete dazu bei seiner ersten Reise nach Angola den Hochzeitssegen.

Im Lauf der Zeit wurde ein zweiter Apostel für Angola notwendig. Ich machte Bezirksapostel Engelauf dazu den Vorschlag, einen Bezirksältesten aus dem Osten des Landes zu ordinieren. Der Bezirksapostel war noch nicht ganz überzeugt. In diesem Moment klingelte in seinem Büro das Telefon: Stammapostel Urwyler war am Apparat. Ich ging zunächst einmal raus und kam nach dem Telefonat zurück in das Büro des Bezirksapostels. Dieser lächelte mich an und sagte: „Armin, das ist alles klar; der Stammapostel wird den Bezirksältesten Livamba Ende Juni 1987 in Lusaka zum Apostel ordinieren."

Meine zweite Reise nach Fernost Russland bereitete ein junger Amtsträger vor, der auch heute noch in Litauen lebt und perfekt Russisch spricht. Ich hatte die Adresse einer russischen Familie im Gepäck, die in Welzow bei Berlin versiegelt worden war. Am Flughafen in Chabarowsk erwartete mich mein Dolmetscher, zusammen mit einigen Männern. Der eine wollte der Kirche ein Grundstück verkaufen, der andere plante ein Fotobuch herauszugeben, der dritte war Schreiner und bot sich an, für die zu erwartende Kirche die Bänke herzustellen. Ein weiterer Mann war für die deutsch-russische Gesellschaft tätig und sagte, er wolle mich kennenlernen und die Kirche natürlich auch. Er machte gleich einen äußerst starken Eindruck auf mich. Es war Viktor Bezgans.

Ein paar Tage später fuhr ich zu der Adresse der bei Berlin versiegelten Geschwister, die auf gepackten Koffern saßen. Sie wollten von Chabarowsk nach Kaliningrad umsiedeln, weil ihnen das Leben dort besser erschien. Nach dem ersten Eindruck und den ersten Gesprächsminuten habe ich dem Ehepaar gesagt: „Wisst ihr was, packt eure Koffer wieder aus, bleibt in Chabarowsk; wir besorgen eine Unterkunft, ich brauche euch hier im Fernen Osten." Das waren Sergej Bastrikow und seine Frau Olga. Dass sich beide Männer segensreich entwickeln würden, habe ich gleich geahnt, – dass beide später das Apostelamt empfangen würden, konnte ich noch nicht wissen.

Das sind ein paar Beispiele. Auf der anderen Seite muss man aber auch sagen, dass bei Weitem nicht alles gut verlaufen ist. Es kamen manche Rückschläge, es gab manche Enttäuschungen, auch wenn es eindeutige göttliche Hinweise auf eine Ordination gegeben hatte. Nicht jeder, der einmal „Ja" zur Ordination gesagt hatte, blieb bei seinem „Ja" oder war der Anforderung des Amtes auf Dauer gewachsen.

Ausblick

Stammapostel Hans Urwyler hat mich am Beginn meiner Missionstätigkeit bei einem Abendessen gefragt: „Armin, was sind denn die Unterschiede in den verschiedenen Ländern und Kontinenten, in denen du arbeitest?" Ich habe kurz überlegt und geantwortet: „In Portugal kommen die Frauen in den Gottesdienst, in Angola die Männer, in Brasilien die Kinder und in Macau kommt kaum einer." Das war nicht nur eine schnelle Antwort, sondern eine interessante Erfahrung. In Portugal und später auch in anderen Ländern habe ich manche Gottesdienste gehalten, in denen ausschließlich Schwestern anwesend waren; in Brasilien schickten die Eltern ihre Kinder freudig in den Kindergottesdienst und in afrikanischen Ländern kamen die Männer. Das half bei der Ausstattung der Gemeinde mit Amtsträgern. Später habe ich festgestellt, dass sich erst mit den Schwestern und Kindern ein wirkliches Gemeindeleben entwickelte.

Der Zuwachs an Kirchenmitgliedern ist heute genauso unterschiedlich wie damals. War die Freude groß über starke Zuwächse beispielsweise in afrikanischen Gebieten, tröstete die Frage Jesu Christi: „...wird er dann Glauben finden auf Erden?“ (Lukas 18, aus Vers 8) in Gebieten mit schwachen Wachstumsraten. Zweifellos waren wir vor ein paar Jahrzehnten sehr fokussiert auf ein starkes Mitgliederwachstum. Das hat sich heute geändert – mittlerweile achten wir wesentlich mehr auf Vorbereitung, Pflege, Strukturierung und maßvolles Wachstum, wo es möglich ist. Wir haben in der Missionsarbeit viel erreicht, mussten aber auch manche Rückschläge hinnehmen.

Ich habe in Gebieten des euphorischen Beginns und rascher Stagnation gearbeitet, aber auch in Gebieten des ungebrochenen Wachstums bis heute.

Missionsarbeit wird es bis zur Wiederkunft Jesu Christi geben. Die Art der Missionsarbeit ist Änderungen unterworfen, sie wird unterschiedlich sein und bleiben. So, wie man in der Vergangenheit und heute die verschiedenen Länder und Kontinente nicht vergleichen kann, wird es auch in Zukunft sein. Es gibt regionale und kulturelle Unterschiede, die die Missionsarbeit erleichtern oder erschweren.

In unserem Land sehen wir auch eine wahrnehmbare Veränderung in den letzten

Jahrzehnten. War es früher noch einfach, mit Menschen über den Glauben, Gott, den Vater und den Sohn sowie die Kirche zu sprechen, ist heute das Interesse an solchen Gesprächen weniger geworden. Vielfältige Einflüsse haben die Gläubigkeit und Kirchenbindung geringer werden lassen.

Wichtig ist, seinen Glauben zu bezeugen und unsere Mitmenschen für Jesus Christus und für unsere Kirche zu interessieren. Dazu gibt es vielfältige Möglichkeiten.

Dabei spielt die innere Mission, das heißt, die Rückgewinnung distanzierter Geschwister eine wesentliche Rolle. Stammapostel Jean-Luc Schneider hat dazu im November 2020 in einem Gottesdienst in Nürtingen gesagt: „Wenn jemand nicht mehr da ist, nehmen wir das nicht einfach nur zur Kenntnis. Nein! Wir lieben einander. Wenn sich ein Bruder, eine Schwester aus der Gemeinde zurückgezogen hat, bewegt uns das und es schmerzt uns, weil wir sie vermissen."

Über allem wollen wir uns auf die Wiederkunft Jesu Christi ausrichten. Denn was bleibt, ist die Gewissheit gemäß den Worten der Engel anlässlich der Himmelfahrt des Herrn:

„Dieser Jesus, der von euch weg gen Himmel aufgenommen wurde, wird so wiederkommen, wie ihr ihn habt gen Himmel fahren sehen“ (Apostelgeschichte 1,11). Auf diesen Augenblick freuen wir uns.

Armin Brinkmann, geboren am 15. November 1948 in Remscheid, arbeitete nach seinem Studium der Fachrichtung Chemie als Bereichsleiter „Forschung und Entwicklung" in der chemischen Industrie.

Am 22. Mai 1983 empfing er das Apostelamt und wurde am 26. Juni 2005 zum Bezirksapostel in Nordrhein-Westfalen ordiniert. Darüber hinaus war er verantwortlich für die Länder Portugal, Angola und São Tomé und Príncipe, später kamen weitere Länder in Asien, Südamerika, Afrika und Europa hinzu.

Er wurde am 23. Februar 2014 in den Ruhestand versetzt.